소멸의 쉼표

고요아침 운문정신 061

소멸의 쉼표

박희옥 시조집

고요아침

언제부터였을까?

꽤, 오래전부터 시마에 걸린 사람처럼 무작정 길을 나선다. 늦게 서야 시는 직관과 은유의 산물임을 알았다.

그러나 직관은 갈수록 멀리 있고 은유는 쉽게 부패해 데드 메타포dead metaphor가 되어버린다.

오늘도 잠시, 걷던 발걸음을 멈추고 네 번째 쉼터마루에 앉아 바튼 숨을 고른다. 산지사방 흩어진 길, 또 어디로 가야 할지 막막하다.

이럴 때는 여지없이 내 안에 있는 낯익은 시어들이 하나둘씩 일어나 야멸찬 손사래로 반란을 일으킨다. 그러므로 난, 새로운 시어에 대한 갈망이 시작된다. 그것은 곧 나를 지탱해온 내 숨결임을 어쩌랴!

혹독했던 것만큼 그 열매는 달고 찬란하리니…

2022년 6월 초여름
박희옥

| 차례 |

제2부

제3부

제4부

제 1 부

입춘에 부친 사설

붉은 태양 빛을 듬뿍 찍어 올린 붓끝
문향을 빚던 시인 나부시 두 눈 감고
먼 남해
초록빛 바다
숨소리 더듬는다

갓난아기 실눈 뜨듯 어린싹, 눈 비빌 쯤
어림하고 휘저어 본 모죽毛竹의 기다림이
꽃바람
허리춤 잡고
어기차게 달려온 길

마주한 두 계절이 깨알처럼 재잘대다
때 놓친 겨울 아재 고무신 채, 못 신고
봄 아씨
들어설까 봐
두레박에 불난다

그 바다, 안아주고 싶다

거대한 짐승처럼 울부짖던 파도는
천연스레 속초 곁에 나란히 누웠다가
내가 또
길을 나서면
그도 따라 걷는다

지친 몸 잠시 누워 까무룩 잠든 날엔
달빛은 왜, 아무리 쬐도 차가운 건지
필설로 남긴 한마디 여태껏 대답 없다

힘든 자에게 힘내란 그 말 너무 공허해
차라리 실컷 울라고 힘찬 응원 보낼 때
낙산사
마루 불상이
빙그레 웃고 섰다

뭉클,

신작로 환한 달빛 묵묵히 밟고 가는
긴 그림자 등에 업힌 다섯 살 어린 계집
아버지
서울 안 가면 안 돼?
응, 돈 벌면
곧 올께

휘엉청 보름달이 훌쩍이며 따라간다
고개 떨군 아버지 깊은 골에 숨긴 눈물
그 겨울
텅 빈 창가엔
하얀 눈과
.
.
.
.
햇살뿐

긴 여운은 흔적을 남긴다
— 영등포역 주변 철거 소식을 듣고

야트막한 지붕 위 잿빛 구름 물러가고
깊숙이 들어앉은 쪽방촌을 둘러보다
새시문 좁은 틈새로 설핏, 환영 보네

울금빛 등燈 너머로 돌쩌귀 밟고 들은
야멸찬 자개바람 꽃불 훅, 꺼버린 방
허공 밖 먼 싸리울에 흐느끼실 울 엄니

침침한 동굴 속에 유배 온 지 십여 년
웃자란 긴 외로움 더께 훤히 벗겨진 날
비로소 화사한 민낯 꽃보다 어여쁘네

어제란 뉘에게나 잠시 스친 바람일 뿐
난, 종이새 곱게 접어 훨훨 날려 주려네
잘 가렴! 화장기 없는 귀여운 바수밀다*

* 바수밀다 : 인도의 한 창녀. 훗날 붓다를 만나 보살이 됨.

16

5월 서설 瑞雪

꽃냄새 아람 채운 남국의 서정 같은
살포시 두 손 포개 받고 싶은 충동은
가난한
히브리 여인
기도의 은총입니다

삭신이 저리다는 쪽방의 병든 노파
저녁이 돌아와도 저녁밥 없는 저녁
해종일
하늘 바랐던
언약의 증표입니다

추사의 귀환*

― 세한도 돌아오다

우주의 기氣를 모아 결기 곧게 세우고
아린 통점 다스리며 붓끝을 벼리던 날
유배지 푸른 파도가 소리 낮춰 울었다

용맹스런 말갈족 흑마 갈기 휘날리던
조선인 얼이 박힌 백두에서 한라까지
한 역사 퍼즐 조각에 아직도 낙관 붉다!

허공 속 바람 한 점 훤히 등뼈 내비치고
수천 개 강물 위에 달그림자 하나이듯
돌아와 덥석, 안겨준 저 눈부신 아우라

* 추사 김정희의 세한도. 2020년 8월 21일 국립중앙박물관에 영구 소장
되다.

못

— 갈라진 두 광장을 유추하며

천둥 번개 겁을 주는 어두운 그 밤에도

목 타 우는 풀잎들의 아우성을 보았다

저 혼자 울던 난바다 그에 지쳐 잠들고

갇혀진 공간 속에 서로 다른 가여운 혼,

어느 날 이 세상에 내 던져진 생명들은

오롯이 살아남기 위한 몸부림을 쳐댔지

붙박인 서러움이 촘촘 박힌 저들 하늘

누군가에게 뜨거운 이 눈물 주고 싶다

시방 막, 꼬리별 하나 제 시름을 떨군다

아버지란 그 이름

어머니 앉은자리 서너 걸음 등 뒤에서

신문 읽다 슬며시 어깨 너머 자식 보는

저 외롬!

한 톨, 매달린

초겨울 홍시 같은

등꽃, 환한 날에

보랏빛 치마 속에 옴스란이 감춰둔 향
톡, 쳐본 손가락에 쩍쩍 묻어나는 전율
슬며시
비집고 나온
관음증이 왜? 꿈틀

꽃 속에 징거매둔 풀 수 없는 아픔 하나
해질무렵 정박된 포구에 배 한 척 같은
외로움 다 쓸어안은 섬 하나로 솟겠네

굽은 등 비틀어서 피워 올린 등꽃 타래
겁나게 아파왔을 나무둥치 뼈 울음은
숨겨둔
아버지 눈물
출렁, 내게로 오네

채워지지 않는 자리

한 모서리 접혀진 책갈피 펼쳐 보다
툭, 떨군 사진 한 장 가을날 엽서 같은
마주친
너의 눈빛이
해처럼 내게 온다

시나브로 훌쩍 넘긴 낯선 불혹에 흠칫,
너볏한 뒷모습에 어룽지는 옛이야기
또 울컥,
콧등 시큰한
어미 정情 어쩌라고

까닭 모를 내리사랑 허해진 기력에도
꿍쳐둔 자식 걱정 이마저 기쁨인걸
하늘도
먼 산 바라다
눈먼 열쇠 감추셨다

기억의 시작

엊그제 눈 맞추고 얘기 듣던 내 어머니
오늘 난 뜬금없이 왜 땅에 묻고 우는지
첫서리 맞은 돌처럼
묵묵히 말이 없네

우연히 잿빛 구름 환히 트인 하늘보다
여린 잎 아우르는 바람 손을 보았네
순례자 저 기도하는 평온한 마음 같은

차분한 추녀 끝에
고즈넉한 풍경소리
이승과 저승 사이 가로지른 연못 앞에
새하얀 연꽃 한 송이 같은 길이라 하네

어느 재수생의 일기

괜찮아, 이 녀석아 내년에 합격하면 돼
까짓것 너털웃음 한번 크게 웃는 거야
포기란,
배추 셀 때나
쓰는 말인 거 알지?

속울음 삭히느라 돌아서서 그릇 씻는
난생처음 기대본 아버지 등 참, 따숩다
이십 년
혼자 날, 키운
　　　　허
　　　　　공
　　　　　　이
　　　　　　　휘
　　　　　　청
　　　　　한
　　　　다

소멸의 쉼표

오지게 후벼놓고 가버린 상처라서
무진장 아프겠다, 에둘러 한술 더 뜬
넉넉한
웃음 언저리
여유마저 보인 날

사람과 사람 사이 얽힌 인연 불편해도
자르면 다시 못 쓸 고르디우스의 매듭!
한 올씩
풀어나간다
엉킨 타래 손에 들고

아픔이란 잠시 휴식 같은 쉼표일 뿐
달달하고 부드러운 마카롱 한입 물자
돌아선
웃음 세포들
그러안고 방방 뛴다

삼복더위

활활 타는 불줄기 계곡마다 질러놓고

날 망에 올라앉아 으스대는 꼬락서니

저 화상

형법 제165조

방화죄로 체포하라!

혼자만의 사랑법

죽도록 사랑하다 어긋난 인연일 때
이별, 그 깊은 강물 건너지 못한다면
또렷한 화인火印 한 점이 외로운 섬 되겠지

누구나 한 번쯤은 내밀히 감춘 사랑
옹이로 덧댄 자리 물 향기 스멀대도
긴 긴 밤 가슴앓이는 뼈가 녹을 일이다

어느 가을날 불쑥 그리움 폴싹거릴 때
은밀하게 숨겨 둔 예쁜 미소 꺼내 보는
혼자서 즐겨볼 만한 짜릿한 쾌락이다

하얀 고백

절절히 타는 목마름 몹시도 힘겹던 날
다소곳이 지켜온 신앙 같은 자존 하나
와르르
무너져내린
여리고성 입니다

태풍 속에 변화될 하얀 나비 첫 날갯짓
유리천장 깨고 나온 지친 몸 그러안은
구멍 난
손등 못 자국
그에 눈물 떨굽니다

나가진 것 하나 없어 잃을 것조차 없는
늘그막 남긴 여백 흐릿한 붓끝 세우고
못다 쓴
참회록 끝에
점 하나 올립니다

돌, 좀먹다

물 한 방울 스며든 티슈 한 장 몸무게로
넘나든 무수 고개 꺼이꺼이 힘든 날에
들숨 채
잇지 못하고
돌처럼 누워있네

어둠을 베고 누운 고래 배 속 같은 고요
혼돈의 상황에도 돌아갈 처소 찾은 듯
화려한
꽃상여 타고
너울너울 하늘가네

갑작스런 이별은 늘 놀랍고 당황스런
일상 속에 깃든 정 기억이나 할는지
싸리꽃
이리 환한 날
그곳 안부 더 궁금하네

백련사 동백, 지다

요새를 지키려다 초개같이 스러진 몸

한 줌 재로 용서받은 평안의 안식인 듯

툭, 떨군

어린 병사 목

저 붉디붉은 주검들

제 2 부

해토머리

겨우내 웅크렸던 앞섶을 스륵 풀고
오롯이 한 톨 씨앗 피땀으로 키워내
탯줄 채
마르기도 전
세상 이치 전했다

명지바람 나들잇길 코끝으로 흠흠 대자
흠칫, 놀란 어린싹 두 눈 찔끔거리다
온 사방 잠잠해지자 앙앙대고 울었다

가마솥 얼개 위에 따끈한 술빵 같은
감미한 엄마 냄새 떨치고 시집온 날
잘 살아!
울 엄니 눈물
아직도 뭉클하다

당신은 알고 있나요?

일상 속에 묻은 먼지 툭툭 털고 일어나
시린 발 달려 나온 그 겨울 섣달 초사흘
광화문 촛불시위대
산을 들어
옮길 듯

하루를 탕진시킨 등뼈뿐인 어둑 하늘
해일 같은 붉은 함성 지축이 흔들려도
여의도 복마전 속에 계산기들 불난다

나목은
잔가지 하나
앞다투지 않는다
시방 막 떨어진 어린 참새 비명에도
난, 나는 낯선 이방인 저장 안 된 번호 같은

완충지대

수선한 풍설들이 불의 춤 난무하듯,
넘지 못할 바로 저기 가슴 뛰게 하는 땅
남과 북
한 뼘 틈 사이
싸리꽃 참 환하다

생채기 채, 아물기 전 피멍울 덧댄 자리
무심한 잡초 손에 허리 묶인 늙은 패목
오늘도
북천 한복판
팔매질 여전한데

지금도 알 수 없는,

후드득,
떨어지는 차가운 빗방울에 열린 귀가 시려 워 잠 못 드
는 겨울밤
토막잠 잇대느라고 돌아누워 보았다

이따금,
뜬금없이 타임머신 타고 와 해맑게 웃어 주던 유년 시
절 내 딸아이
책가방 어깨에 멘 채 아무런 말이 없다

지천명
시인 등단했다고 좋아라 웃던, 그 후로 오랫동안 발편
잠에 들었는지
내일 꼭, 물어봐야지 안녕* 요샌 바쁜가 봐?

* 안녕 : 딸아이 이름.

슬픈 어머니

장 노루 닮아가듯 우두커니 보는 하늘
옥천沃川벌 돌아봐도 무위로 겨운 나날
낡아진 무릎뼈 비명 남은 날 더 아프다

저녁별을 머리에 인 앞산이 잠들 무렵
굽은 등 모로 누운 거북이 등딱지가
먼 도시 고운 눈매들 하나둘 안아본다

한 생애 내리사랑 스릇, 풀린 천형 족쇄
새하얀 홑이불 속에 슬그머니 감추시고
초겨울 깨끗한 새벽 하늘소풍 떠나셨다

달맞이꽃, 그 존재 이유

절정으로 치닫는 봄의 소리 요란해도
작은 몸 추스른 뒤 어스름 앞세우고
살며시
들어왔다가
몰래 가는 새벽길

앙증맞은 어깨 위 반 응달 밀어낸 뒤
하얀 듯 노릇한 듯 속적삼 갈아입고
억만 번 이지러졌던 달빛을 당깁니다

어제와 맞닿은 오늘이란 수평 위에
천년을 묵었어도 오동나무 노래 있듯
밤마다
사유 헤이는
시인을 노래합니다

젊은 그들

빌딩 숲 잰걸음들 퀵 서비스 스쳐 간 듯,

인터넷 스마트폰 최첨단 홍수 매체로

녹슨 뇌, 텅 빈 그 창고

무엇으로 다

채우나

아버지의 별꽃

허리 굽은 조각달 산 중턱에 숨 고를 쯤
곰살맞고 차진 글맛 날 새는 줄 모르다
섬돌 옆
풀벌레 소리
귀 쫑긋! 모읍니다

멍석 마당 한 켠엔 아주까리 까만 씨앗
지지직, 타는 냄새 여름밤 이슥토록
잠드신 아버지 어깨 별꽃 참 환합니다

나지막이 줄 세운 댑싸리 울 사이사이
떨어지는 달빛 소리 저리도 고왔을까!
시방 막,
꽃대 올린 풍란
온 집안 와자합니다

천사는 두 번 울지 않는다

안개비 흩뿌리자 두 손 올려 우산 받고
철길 따라 길게 누운 외로운 목침 같은
늘어선 배식 한 줄이 하루해 몰고 간다

연둣빛 앞치마에 땀 훔치는 손등 너머
봉사자 환한 민낯에 중첩된 아내 얼굴
눈물 밥, 콧물 국 속에 설움마저 섞는다

내自일 없는 내일은 광활한 사막일 뿐
어쩌다 밀려 나온 정글 속에 늙은 낙타
혹독한 겨울 오기 전 따뜻한 정 꿈꾼다

멈춰진 시간
— 방역 수칙에 따른 영업 제한

철수된 도시 겨울밤 불 꺼진 막창집이
말라리아 습격받아 휑한 밀림 속 같아
여女사장 호요 바람에
억장 내려
앉습니다

풍선처럼 커 가는 가게 빚에 숨통 막혀
동살 채, 눈뜨기 전 앞서 달린 〈금일 폐업〉
힘내요! 엊그제 한 말 허공을 맴돕니다

희망과
절망 섞으면
어떤 것이 나올까?
절절한 목마름에 하늘 멍때리는 날
낮달도 민망했는지 얼굴 외려 붉힙니다

태몽

흐물대는 뱀 한 마리
내게 기어들까 봐

이불솜 움켜쥤던 손아귀가 뻐근하다

늘그막 쑥스럽구먼
·
·
·
·
·
돌아 앉아
히죽히죽

권력이 똥이라면

곰 발바닥 요리가 덜 익었다는 이유로
요리사를 처형한 춘추시대 진晉 영공

하기야 도긴개긴 그때나 지금이나 그 밥에 그 나물들
서슬 퍼런 망나니 칼, 목덜미 오싹해도 에라, 모르겠다
이판사판 공사판에 목숨 꺼내 앞에 놓고 권문세가 코앞
에서 해쭉대다 납작 엎뎌 뒤 꼬랑지 살랑살랑 어럽쇼,
저 화상 꼬락서니 하는 꼴, 한 번 보소 불나게 비벼댄 손,
손금 닳아빠지것네

아이고,
워 째 저런 일
고것이 좋긴 한가벼

점 섬

무심한 빌딩 숲속 도심을 벗어나면
별똥별이 긋고 나간 하늘 끝 그 너머
등 푸른 거대한 몸짓 파도가 내게 온다

현란한 스마트폰에 쌓이는 정보 섬들
손에 쥔 게 너무 많아 되레 외로울 듯
이따금 먼 아날로그 안부가 참, 궁금해

꽤 오랜 시간 속에 쟁여둔 하얀 여백
반듯한 A4 용지 덜 여문 글 앉혀놓고
온종일 드잡이하다 노을 베고 눕는다

왕송호* 연꽃 필 무렵

청포도 익는 소리 물바람에 설핏, 스쳐
코끝을 바짝 세운 땡볕을 등에 업고
넌지시
꽃대 피우는
저 느림의 미학!

우주를 품고 앉은 새벽녘 이슬방울
연잎 위 묵언수행 잠시 털고 일어나
날아든
호반 새 한 쌍
안부를 묻고 있다

* 경기도 의왕시 의왕 저수지 안에 있는 연못.

5월의 랩소디

금빛 햇살 주워 먹다 제풀에 벙글어진
봄꽃들의 축제 마당 와자한 오후 한낮
신명 난
휘모리장단
낮달 어깨 들썩인다

5월 뻐꾸기 소리에 두 뺨이 벌게져
제 흥에 취해 떨군 앞마당 모란꽃잎
숱한 날 서성거렸을 영랑은 슬펐으리

광속도 통신 시대 굼뜬 걸음 뒤처져도
머잖아 들끓어 댈 여름눈에 들키기 전
인증샷!
모란꽃 한 컷,
강진* 댁에 전하리

* 강진 : 영랑의 생가.

은밀한 고독

무시로 내뱉은 말 송진처럼 달라붙어
누천년 낡은 성벽 바람서리 막아내듯
말 삼킨
너럭바위가
귓속을 헹굽니다

과묵하게 입 다문 회색빛 하늘 바라
은밀히 교신하다 까무룩 잠든 밤엔
처음 본
낯선 자화상
슬픈 눈을 봅니다

머물고 있다는 건 떠나감과 한 몸인걸
미처 못 끈 화두 하나 불씨로 남아돌아
그 차마
떼 낼 수 없어
꽂인 양 앉습니다

휴목원 休沐園

어룽진 조팝꽃도 자오록한 청대 숲도
불처럼 흔들리며 성장했던 지난여름
살포시 잠든 대청호
하늘인 듯
물인 듯

고요 누운 숲속엔 수런수런 바람 소리
잘 익은 회화나무에 가을볕 걸터앉아
게으른 여름 발걸음 어기차게 밀어낸다

비늘 반
윤슬 반이
하나로 몸을 섞고
희뿌연 물안개를 차고 오른 하얀 연어
초서체 흘린 제 글씨 뜻 몰라 갸웃한다

휴휴암*에서 만난 부처

물 잠긴 돌확 안에 봉긋 오른 연꽃 송이

거기 걷는 발걸음 티끌 털고 가라 할 때

뎅그렁, 풍경소리에 하늘 쪽문 열리네

* 휴휴암 : 강원도 양양에 있는 큰 사찰.

제**3**부

혼불의 춤사위

뒤엉켜 분별 못할 혼돈의 어둠 한 켠
소리 없이 제 몸 내준 어린양 닮은 듯
온 천지
환히 밝히는
거룩한 촛불이어

제풀에 벙글어진 심연 속에 불꽃처럼
무시로 흥얼대는 이 민족의 한恨과 흥興
툭, 던져
받은 DNA
하늘 주신 덤이었다

탄성 좋은 찰 고무줄 팽팽한 긴장처럼
구성지게 풀어내다 치고 나는 홍바람
쿵 다당
굿거리장단에
어깨춤 절로 난다

달항아리

지나친
꾸밈없이
매만져 다듬은 몸

돋비치는 뽀얀 살결 도공 혼魂 서려진 듯

달문 앞
스쳐 간 바람
다시 돌아 합장을

표현의 빈곤

익숙해져 가는 만큼 감성이 멀어지듯

온 산천 맴돌다 온 먹구름 부스러기

무시로 흩뿌리면서 분신인 줄 모른다

바람은 어김없이 낙엽빛깔 닮아가고

들떠있는 마음 자락 어디로 튈지 몰라

듬직한 누름돌 하나 지그시 눌러 본다

햇살이 넌출 거리는 도심 속을 걷는다

마스크 너머 입술에 한껏 멋을 덧대도

있잖아! 나는 왜 자꾸 슬퍼지려고 하지?

대나무 단상斷想

결 고운 척추 마디 창창히 곧게 자라
뾰족한 제 자존을 부드럽게 다듬는 밤
긴 긴 날
모죽毛竹의 아픔
하나씩 꿰고 있다

빗장 지른 거대한 손 어두움 풀어놓자
등뼈뿐인 깡마른 몸 사각사각 달 베먹고
목마름
애태우다가
그예 놓친 여름날

짓궂은 대숲 바람 휘 집고 떠난 자리
토막 난 잠 잇대려 사부시 잠 청하다
툭, 떨군
달빛 소리에
다시 몸 뒤척인다

천 개의 바람

— 팽목항 세월호 참사 8주년에 부쳐

묘비명 하나 없이 잊혀가는 이름 앞에
숨죽이며 써 내려간 설익은 시 한 줄이
깊숙이
잠든 영혼들
깨울 수만 있다면

끝내 함께 못 해준 미안함 아직 남아
세상에서 가장 아픈 참회의 통성기도
무릎도 꿇지 못하는 아비의 눈물이리

잔인했던 그 4월 차마 거기 잠 못 이뤄
유채꽃 흐드러진 언덕 위 돌짝밭 지나
저 하늘
천 개의 바람
자유롭게 날고 있을

채움과 비움 사이

창가를 기웃대던 새벽 동녘 눈뜰 무렵
밤사이 잡생각이 한 뼘씩 키 자랄 때
덩달아 치고 올랐을 초곡리* 개발 땅값

폭풍 전 바다는 으레 항상 고요했었지
성미 급한 초침은 야금야금 제 살 깎고
새벽달 스러진 하늘 새 떼 울음 요란했다

한순간 몹시 불편한 실상을 다독이고
툭, 던진 한마디 말 내 안에 진실게임
차창 밖 영일만항이 잘했다고 씽긋한다

* 초곡리 : 경북 포항시 북구에 있는 신개발 지구.

7월의 노래

치렁한 생머리를 아무렇게 틀어 올린
텃밭에 허리 굽힌 아낙네 바쁜 손길
하루해 너무 짧다고
햇살 당겨옵니다

하얀색 에코백을
민소매에 걸러 멘
탱글한 젊음 들이 온 거리 출렁여도
못다 핀 그날의 불씨 지금, 외려 벅찹니다

이별, 혹은 가을 사색 이야기

오롯이 둘이 걷던 자작나무 숲 사이로
가뭇없이 멀어진 그해 시월 마지막 날
묻혔던
오랜 기억이
행간을 휘집는다

여전히 밉다는 건 사랑 아직 있기 때문
자갈돌 없는 냇물 혼자 노래할 수 없듯
나, 지금 아는 것처럼 그땐 왜 몰랐는지

억새꽃 흐드러진 스산한 들판 한 켠
새하얀 은빛 서리 모록모록 살 비빌 쯤
찬바람
맥이 풀려서
헐렁한 소리낸다

이브의 사랑법

천날 만날 죽도록 사랑하다 미워하다
어느 날 뜬금없이 천일홍* 꽃 안겨주고
붉힌 낯 쑥스러운지 피식 웃다 나갑니다

천년 숲속 바람이 천년나무 키워가듯
시린 눈빛 하나에 삶의 무게 얹혔어도
여전히
당신 나 사이
깊은 강물 흐릅니다

사랑이란 온전히 나를 녹여 내는 일인
너무 가까이 있어 소홀했던 아픈 사람
그믐밤 달을 품은 듯, 살근 안아 봅니다

* 천일홍의 꽃말은 '불변'이다.

코로나 블루스

질기기로 말하면 쇠 떡심에 비할까?

갈듯, 말듯 엉거주춤 좌우 머리 돌려보다 질펀하게 주
저앉아 합죽선을 펼쳐 든다. 이런 젠장, 눈치코치 개뿔
없는 염치없는 저 화상, 무슨 미련 아직 남아 못 떠나고
알짱대 남? 혹여라도 코리아 제 형제로 착각한 겨? 이보
슈! 참는 것도 참말로 한계가 있는 거여, 이러다 꼭두새
벽 국민 분노 폭발하면 그때는 삼십육계 줄행랑도 소용
없는 겨 꽁지에 불붙어서 궁둥이 뻘게지면 원숭이 워디
따로 있는 감? 아이고, 망측해라 여보게! 이제 그만 이쯤
에서 손 털고 가준다면 까짓것, 나 비록 돈 없어도 자네
차표 한 장쯤 못 사 주겠나?

오늘 밤
딱이네 그랴
그믐이라 달도 없슈

세상에서 가장 아름다운 소리

새벽녘
똑 똑 똑 첫잠 깨운 도마소리

달그락!
부딪치는 청량한 사기그릇 울림

어머니
한 생 다 녹인 혼불에 담긴 득음

상강, 그 즈음에

잘 여문 회화나무 넌출 대는 열매 사이
멀리 가을 햇볕에 붉어 버린 산 엉덩이
눈부신
정오 한나절
화려한 서막을 연다

터진 위에 재 뿌린 혈기 방자한 감염병
목마름에 저항하다 목청 낮춘 꽃, 나무
슬며시 털고 일어나 동안거 찾고 있다

떨어진 나뭇잎이 제 그림자 돌아본다
혼자라는 외로움은 둘이어도 섬일 뿐
불현듯,
머그잔 커피
눈으로 마시고픈

낙타의 눈물

끝없는 고비사막 400kg 등짐 지고도
두고 온 어린 낙타 잇대인 생명줄에
기어이
찡한 젖돌이
귀 울음 내고 있다

미안해, 널 나처럼 살게 할 수 없었어
뇌 없는 부품처럼 하늘 멍 하는 사이
별 총총
은하 물결에
우련, 너의 눈빛이

꽤 멀리 몽골 유민 마두금 켜는 소리
너무 슬퍼 아름다운 선율에 휘감긴 채
아가야!
엄마 목소리
고요가 흔들린다

비익조, 하늘 날다
― 뇌출혈, 그 후로도 오랫동안

언제 한 번 이처럼 소리 내어 운 적이

티 하나 허락 않는 깐깐한 내 하늘이

다소곳 나를 보듬고

등을 도닥입니다

혼자서 걷는 길은 황량한 벌판이라고

필설로 남긴 흔적 전율 타고 오는 한낮

뭉클한 릴케, 사랑시

가슴으로 읽습니다

개

— 알베르토 자코메티 조각

본시 넌, 시베리안 허스키 늑대개였어
야멸찬 시간 들이 네 몸을 감금시키고
조금씩
아주 조금씩
너의 혼魂 갉았으리

한입 꾹, 베어 먹힌 그믐달을 향해서
포효하는 그 속내 짐작인들 하겠냐만
저 바람 알고 있는 듯 눈시울을 붉힌다

밑줄 친 문장처럼 도드라지게 깡말라
굽은 허리 한구석 뼈 울음 귀로 듣던
아버지
생전의 모습
오롯이 중첩된다

거미 눈, 마주치다

한 가닥 줄만으로 오히려 족했으리
받든 순명 이어가자 옹골찬 결기 하나
맑게 갠 여백 하늘도 눈치 살펴 빌린다

허공에 걸어놓은 한 올 가는 목숨이
굶주린 배 움켜쥐고 아슬하게 매달려
기회만 포착하다가 까무룩 잠도 들고

저녁놀 비낀 자리 종소리 따라 든 몸
스며드는 외로움에 손 모은 저녁기도
기진한 영혼 보듬고 길을 묻는 순례여

달빛과 홍시

햇살이 마른 잎새
누릇누릇 구워낼 쯤

설렁한 빈 가지에 인심 좋은 까치밥

발갛게 물든 얼굴엔
노을빛 스쳐 간 듯

찬바람 스멀스멀
뼛속까지 흔드는 밤

나목 위에 눌러앉은 겨울밤 하얀 설태

달빛이 허리 굽힌 채
긴 혀로 핥아준다

뒷골목 풍경

허름한 벽과 지붕 촘촘 박힌 좁은 골목
아이들 재잘대다 까르르 웃는 소리
낮 한때
펼친 풍경화
세상 가장 평화롭다

망백* 노파 흐린 눈 볕뉘 한 줌 깔고 앉아
핏기없는 깡마른 손 헐렁한 가슴 쓸다
어쩔꼬?
끝내 못 들일
타고 갈 내 영구차

* 망백 : 나이 91세, 100세를 바라봄.

제4부

봄, 그 즈음에

초록 햇살 한 줌 얻어 어린것을 키워낸
수국 아린芽鱗 품속에 갓 숨소리 들리자
화들짝 눈뜬 감나무 피 돌리기 분주하다

달려드는 전기톱에 새파랗게 자지러져
파르르 몸 떨다 진저리친 수수꽃다리
꾹, 눌러 참았던 멀미 왈칵왈칵 토한다

격렬했던 입맞춤 여운 채 사라지기 전
머잖아 꽃과 잎, 따로 앉은 틈 사이로
옹골찬 씨앗 하나가 제 이름표 달겠네

봄밤 앓이

꿈틀대는 먹장구름 꼭뒤에 숨어들어
바르르 진저리로 맺힌 울혈 풀어내자

처마 밑
빗방울 소리
하마, 글 꽃 피웁니다

귓속말 소음마저 삼켜버린 이슥한 밤
들뜬, 마음 자락 지긋 눌러 잠재우고

첫새벽
눈뜨는 모란
비늘잎 벗겨줍니다

자목련이 붉은 이유

마른 어깨 너머로 하늘 환히 웃던 날
잎보다 발 빠르게 다퉈 나온 겉 꽃잎
숨찬 듯
혹, 미안한 듯
얼굴 발그레졌다

소멸될 유효기간이 다소 짧았었는지
낯선 거울 앞에서 조금은 서툴지라도
한 토막
판토마임은
멋진 연출이었다

소쩍새 울음소리 엉겁결에 돌아보다
부엌 앞 시렁 위에 올라앉아 웃던 달
울 엄니
수줍던 얼굴
우련, 꽃보다 붉었을

점과 선 사이

9월 달력 허물던 손, 잠시 우뚝 멈추고
낯선 거리 우회로를 더듬던 오후 한낮
바람벽 타고 가버린
잰걸음은
간곳없고

머잖아
머리칼 스칠
가을 낭만 앞에서
서툰 눈인사 또 주고받을 겨울 이야기
난, 다시 저들을 위해 선 하나 긋고 있다

곡비*는 제 설움에 운다

스릇, 풀린 어둑발 하늘 쪽문 닫힐 무렵
굳어진 허리통증 뼈근토록 아려 와도
온종일
제 그림자만
밟고 선 느티나무

노을빛 뒷발질에 산 그림자 쫓겨간 뒤
우련, 다가오는 발소리 들릴 듯 말듯
참았던 서러움 왈칵, 목젖이 움찔거린다

이우는 하현 달빛 멀겋게 얼어간다
온몸 던져 터뜨린 나무 울음통에서
위이잉,
저 바람 소리
아! 나무의 곡비였어.

* 곡비 : 예전에, 양반의 장례 때 상여 행렬 앞에 가면서 곡을 해주는
계집종.

입동이 오는 소리 ·

암갈색 트렌치코트 멋지게 깃 세우고
뚜벅뚜벅 다가오는 귀에 익은 발소리

화들짝 놀란 꽃, 나무
겨울 채비 분주하다

벽 달력에 총총 박힌 검은 돌 징검다리
뒤뚱뒤뚱 건너짚다 우뚝 선 입동 날짜

성급한 울 엄니 마음
하마 김장 끝내셨다

옥천 당숙모

불문율 받아 이고 그 먼 길 에돌아 와
한 뼘 땅 수직상승 갈피 속에 꿈 접고
돌담 벽 좁은 틈새를
비집고 온
망초대

부서진 햇살 조각 알곡 줍듯 끌어모아
해종일 꺾인 허리 수월찮이 아파올 적
짓궂은 소소리바람 희소리에 웃습니다

산통이
들 때마다
하늘 문 열려지고
소리 없는 비명 따라 목을 뺀 꽃대 하나
옥동자 힘찬 울음에 온 마을 와자합니다

메밀꽃 이 울 무렵

— 봉평 메밀꽃 축제장에서

곡주 한 잔 꺾어 드신 가산* 의 깊은 혜안

취중에 흘린 붓끝 담 너머 소금밭에

은유 속 하얀 설국 땅

달빛 가려

못 보신

듯

* 가산 : 이효석의 호.

그리운 별을 위하여

술빵처럼 부풀은 보푸라기 뜯어내듯
시답잖은 글 한 줄 이슥토록 훑어내고
아청빛 어두움 속에 야윈 별 헤입니다

누천년 하늘 밭에 뿌리 내린 꽃 등불
또다시 부르지 못할 별 하나, 나 하나
먼발치 LED 불빛 꼬리 살랑거립니다

오랜 시간 깃들여진 기억 창고 더듬어
어린 시절 꼭꼭 숨긴 동요하나 찾으려
발걸음 보폭 넓히며 지금, 길 떠납니다

바보의 필법
― K시인을 생각하며

유난히 숱이 많아 멋스러운 반백 머리
바다색 청바지에 함부로 인 스타일
정제된
고운 언어로
함박꽃 피우던 날

항시, 그의 말속엔 쫀득한 찰기가 들었고
오래된 글 꽃 속엔 농익은 사과 향이 풍겨
이따금
세웠던 촉수
슬며시 내립니다

열정은 제 삶에서나 미덕일 뿐이라던
글 쬐끔 쓴다는 게 몹시 부끄럽다고
쉿! 조용
곧추선 검지
긴 여운 타고 옵니다

버들 타령

버들버들 떨다 간 지난겨울 그 버들
봄 되자 앞다투어 잽싸게 얼굴 내민다

예닐곱 살 낭창낭창 처녀허리 능수버들, 주름 많은 떡
버들 영락없는 할매 얼굴, 보시시 잠 깬 아가 웃는 모습
호랑버들 둘씩, 둘씩 얼굴 맞댄 가시버시 키 버들 귀염
둥이 갯버들* 매일 봐도 반갑고, 꽃놀이패 손에 쥐고 흔
들흔들 춤바람 난 큰 엉덩이 수양버들 늠름하고 멋스러
운 위풍당당 왕 버들, 꿀샘 가진 제 자랑질 정신없는 들
버들, 싱겁게 키만 자란 키다리 아제 당 버들 질펀하게
달궈진 버들 축제 한마당에 누군가 꼭, 하나가 빠진 듯
알송달송

왔어요?
버들강아지
여기요, 한쪽 팔 번쩍

* 갯버들 : 버들강아지와 같은 이름.

83

마실 나간 노老 시인

날마다 찾아오는 오늘이란 단, 하루를
그토록 숨 가쁘게 달려오지 않았다면…
연둣빛
봄의 속삭임
애태우지 않았을

초저녁 어린 별꽃 시나브로 이울 무렵
달 없는 빈 하늘은 차마 발길 못 돌리고
조붓한 음압병실엔 적막 혼자 불침번을

하늘로 책상 옮긴 노老 시인 너스레 말
"나 보고 싶어서 여기까지 따라온 거?"
왁자한
폭탄 웃음에
쪽문이 흔들린다

초여름 사설

온종일 나뒹굴던 게으름도 귀찮아져
손전화 달랑 들고
숲속 길 들어설 무렵
청대 숲 자오록한 향 코끝을 자극한다

꽃비로 흩날리는 아카시 꽃향기에
가벼운 어지럼증
이대로도 좋은 날
먼발치 붉은 배롱꽃 간질여 주고 싶다

지난해 무더위로 까무러쳤다 깨어나
제 터전 더듬더듬
찾아든 자귀나무
누 수년 지켜온 자리 쪽빛 물 촉촉하다

집으로 가는 길

하루를 탕진하고 시르죽은 저녁노을

가로등 불빛 지고 구부정히 허리 굽힌

산동네 지친 발걸음 천근 무게 달고 간다

곁눈질로 살피던 긴 하루 회색 공간에

똑같은 매 한자리 빙빙 도는 회전목마

그래도 텅 빈 가방 엔 꽉, 찬 꿈이 무겁다

신新 아리랑*

아리랑 한 가락을 구성지게 꺾어 봐도
못 들은 척 돌아선 야멸찬 네 발걸음
나쁜 놈,
오뉴월 서릿발
알랑가 모르것네

부모란 이 세상에 내보내 준 통로일 뿐
탯줄 잘린 그 순간 천륜은 끝난 거라고
제발 좀 신경 끄란다 흐미, 이 웬 날벼락!

뒤로 오는 호랑이는 속일 수가 있어도
앞에 오는 제 팔자 막을 재간 없다더니
기어이
막장 부조리
시 한 수로 고발한다

* 아리랑(我理朗) : 참된 나를 찾는 즐거움이라는 뜻.

벌새 한 마리

온라인과 오프라인 희한한 학습조합이
행여, 4차 산업혁명 첫걸음 아닐는지
여전히
마스크 덮인
반쪽 얼굴은 두렵다

일상에 재 뿌려놓은 코로나 재앙 탓에
늑대 젖 먹고 자란 듯, 불같은 성미들
우물 앞
두레박한테
숭늉 달라 조른다

분열된 세포처럼 흩어져야 사는 세상
숱한 날갯짓이 버겁다는 벌새 한 마리
그래도
바람 타고 나르는
배달의 민족 알바다

그 향기, 아직도 흩날리다

보라꽃
잎새 하나
휘우듬이 처진 허리

허공에 몸 기대도 꺾일 듯, 떨어질 듯

달려온
강바람 두 팔
선뜻 품는 그 사랑

어설픈 해후

유리된 시간들이 함께 누운 침상에
초췌한 낯선 얼굴
천국 잠에 취한 듯
무슨 말 꺼내야 할지 머릿속이 하얗다

초점 없는 멍 시선 손전화에 꽂아두고
이따금 창 너머로
빈 하늘 찔러봐도
게으른 초침 발걸음 도통, 눈치가 없다

뇌질환이, 말꼬리 접는 사촌의 울먹임
소통 막힌 입술 대신
눈빛 열고 고백하는
노 숙부 뜨거운 눈물 언 강물 풀고 있다

해설

흥과 치유, 절대선과 생태적 상상력

/이지엽

흥과 치유, 절대선과 생태적 상상력

이지엽

시인 · 경기대 교수

1. 재미와 흥, 치유의 미학

필자는 「일으키는 서정의 힘과 시대를 감싸는 온유돈후溫
柔敦厚의 정신」이란 글을 통해 박희옥 시인의 작품을 이렇게
평가한 적이 있다.

박희옥 시인의 작품은 역동적이다. 사소한 것에도 생명의 힘이 느껴
진다. 동시에 사회의 어둡고 구석진 곳에서도 희망을 얘기한다. 모든
사물과 시적 대상들에 대한 지극히 따뜻한 마음을 가졌기 때문이다.
화해의 정신을 가지고 세상과 친화하는 자세야말로 서정시가 가지고
있는 동일성의 원리를 가장 잘 실현할 수 있는 바탕이 된다. 그런 점
에서 여기 박희옥 시인은 오늘날 시인이 가져야 할 기본적인 책무와
온당한 정신, 바른 시각을 잘 실현시키고 있다고 판단된다. 시인의
눈은 예지로 빛나고, 시인의 가슴은 사랑으로 따뜻하다. 시인의 손은
돌 위에서도 부드럽고, 시인의 발은 모래 위에서도 탄탄하다.

첫 시집에서 "재미성과 흥"에 대하여 작품 「이럴 수가」의 사설 가락과 재미성이 흥의 문학으로 나아가는 기폭제가 되길 진심으로 바란다는 염원을 적은 바 있다. 이규보李奎報의 "흥이 깃들이고 사물과 부딪칠 때마다 시를 읊지 않은 날이 없다"는 '우흥촉물寓興觸物'이나 정극인의 「상춘곡賞春曲」 중 한 대목 "물아일체物我一體어니 흥興인들 다를쏘냐"에서도 사물과 자아가 만나는 접점의 즐거움을 '흥'이라고 한 점을 유의해보면, 우리 민족에게 흥은 매우 중요한 미학적 자질이었음이 분명하다. 그런데 이 "흥"이 매우 중요한 다른 역할을 하고 있음을 주목해 볼 필요가 있다.

질기기로 말하면 쇠 떡심에 비할까?

갈듯, 말듯 엉거주춤 좌우 머리 돌려보다 질펀하게 주저앉아 합죽선을 펼쳐 든다. 이런 젠장, 눈치코치 개뿔 없는 염치없는 저 화상, 무슨 미련 아직 남아 못 떠나고 알짱대 남? 혹여라도 코리아 제 형제로 착각한 거? 이보슈! 참는 것도 참말로 한계가 있는 거여, 이러다 꼭두새벽 국민 분노 폭발하면 그때는 삼십육계 줄행랑도 소용없는 겨 꽁지에 불붙어서 궁둥이 뻘게지면 원숭이 워디 따로 있는 감? 아이고, 망측해라 어보게! 이제 그만 이쯤에서 손 털고 가준다면 까짓것, 나 비록 돈 없어도 자네 차표 한 장쯤 못 사 주겠나?

오늘 밤
딱이네 그랴
그믐이라 달도 없슈

— 「코로나 블루스」 전문

지난 2년간은 우리나라는 코로나 정국이었다고 할 만큼 우리 생활을 이 바이러스가 온통 지배했다. 이를 물리치기 위한 노력이 흥의 미학에 존재한다. 다시 말하면 '흥(興)'이 갖는 사회적 의미가 치유적 기능에까지 적지 않는 역할을 하고 있는 셈이다. 원효가 노래와 춤으로 탁발을 한 것도, 신라 왕실의 국사 경흥의 병을 낳게 한 것도 흥과 더불어 치유의 기능을 하였음을 주목할 필요가 있다.

괜찮아, 이 녀석아 내년에 합격하면 돼
까짓것 너털웃음 한번 크게 웃는 거야
포기란,
배추 셀 때나
쓰는 말인 거 알지?

속울음 삭히느라 돌아서서 그릇 씻는
난생처음 기대본 아버지 등 참, 따숩다
이십 년
혼자 날, 키운
　　　허
　　　　공
　　　　　이
　　　　　　휘
　　　　　　청
　　　　한
　　　다

— 「어느 재수생의 일기」 전문

이 작품은 입시에 실패한 한 재수생의 마음을 따뜻하게 어루만지고 있는 작품이다. 간명하게 주제를 형상화시키고 있지만 이 작품에도 재미와 흥을 가미하였다. 하나는 언어의 편 현상을 활용하여 "포기"가 갖는 이중적 의미를 활용하고 있다는 점이고, 다른 하나는 포말리즘 기법을 사용하여 아버지의 등이 휜 모습을 형상화하고 있다는 점이다. 아울러 시인은 여기에 감동을 얹는다. 이십 년 동안 혼자서 자신을 뒷바라지했으니 어찌 그 아버지의 등이 따시지 않겠는가. 재미와 흥은 물론이고 오포시대에 지치고 힘든 마음을 치유하는 데까지 넉넉한 마음을 보여주고 있는 것이다.

후드득,
떨어지는 차가운 빗방울에 열린 귀가 시려 워 잠 못 드는 겨울밤
토막잠 잇대느라고 돌아누워 보았다

이따금,
뜬금없이 타임머신 타고 와 해맑게 웃어 주던 유년 시절 내 딸아이
책가방 어깨에 멘 채 아무런 말이 없다

지천명
시인 등단했다고 좋아라 웃던, 그 후로 오랫동안 발편잠에 들었는지
내일 꼭, 물어봐야지 안녕 요샌 바쁜가 봐?
　　　　　　　　　　　　　　　—「지금도 알 수 없는,」 전문

시조의 3장 6구는 배열방식을 어떻게 하느냐에 따라 아주

새롭고 산뜻하게 보이는 경우가 있다. 인용 작품은 3연 9행의 자유시처럼 보이지만 3수로 된 연시조다. 각 수의 초장 첫 음보를 독립된 1행으로 처리하였다. 더구나 초장 2, 3, 4음보를 중장과 같이 잇대어 1행으로 처리하고 있다. 상당히 이채로운 배행이라 할 수 있는데 무슨 이유에서 인가를 면밀히 따져볼 필요가 있다. 시조의 배행 방식은 다양하게 할 수 있는데 마땅히 그렇게 해야 할 이유가 있어야 한다. 인용시의 초장 제1음보는 "후드득" "이따끔" "지천명"으로 독립성이 사뭇 강조되고 있다. 동시에 초장 2, 3, 4음보와 중장의 1, 2, 3, 4음보가 밀접하게 맞닿아 있다. 다시 말해 첫 수에서 "후드득"이 독립 음보로 그 이후는 "떨어지는 차가운 빗방울에 열린 귀가 시려 워 잠 못 드는 겨울밤"이 거의 하나의 통사구조로 읽히고 있다. 둘째 수의 경우도 마찬가지다. "내 딸아이"가 어떻게 반겨주던가를 구체화시키는 표현이 외줄로 읽힌다. 셋째 수에서도 마찬가지인데 시간 차의 틈새를 쉼표를 활용하여 극복하고 있다. 각 수의 첫 음보 "후드득" "이따끔" "지천명"이 얼마만큼 독립적인가는 이를 생략하고 율독해 보면 쉽게 판단이 된다. 전혀 지장을 받지 않고 해독이 된다. 그런데 중요한 것은 이 첫 음보가 삽입되면 훨씬 의미들이 구체성을 가지며 문장에 생기가 도는 역할을 하고 있음을 알 수 있다. 마땅히 이렇게 해야 할 이유가 여기에 있다고 볼 수 있겠다.

버들버들 떨다 간 지난겨울 그 버들

봄 되자 앞다투어 잽싸게 얼굴 내민다

예닐곱 살 낭창낭창 처녀허리 능수버들, 주름 많은 떡 버들 영락없는
할매 얼굴, 보시시 잠 깬 아가 웃는 모습 호랑버들 둘씩, 둘씩 얼굴
맞댄 가시버시 키 버들 귀염둥이 갯버들* 매일 봐도 반갑고, 꽃놀이
패 손에 쥐고 흔들흔들 춤바람 난 큰 엉덩이 수양버들 늠름하고 멋스
러운 위풍당당 왕 버들, 꿀샘 가진 제 자랑질 정신없는 들 버들, 싱겁
게 키만 자란 키다리 아제 당 버들 질펀하게 달궈진 버들 축제 한마
당에 누군가 꼭, 하나가 빠진 듯 알쏭달쏭

왔어요?
버들강아지
여기요, 한쪽 팔 번쩍

— 「버들타령」 전문

「버들타령」은 사설시조로 '타령'이 갖고 있는 엮음과 반복
의 묘미가 살아나는 작품이다. '타령'이란 명칭이 붙는 노래
는 무가, 판소리, 잡가, 민요 등에서 두루 나타난다. 먼저 타
령의 근원을 무속과 연관된 무가에서 찾는 견해가 있다. 무
당이 신에게 노래와 춤으로 굿을 하는 것을 '타령妥靈'이라 하
는데, 이 용어가 구어화되어 오늘날의 '타령(打令 또는 打鈴)'
이란 명칭으로 불리게 되었다는 것이다. 타령에는 잡가가 민
요화한 창곡 위주의 창민요들과 해학적이고 풍자적인 사설
로 구성된 다양한 종류의 민요가 있다. 전자가 주로 유흥적
이거나 애상적인 내용을 분절하여 부른다면, 후자는 언어유
희적인 성격이 강하면서 해학적이고 풍자적인 내용이 주류

를 이룬다(한국민속대백과사전 참조). 능수버들, 떡버들, 호랑버들, 키버들을 열거하면서 버들의 모습을 사람 모습에 빗대어 재미와 흥을 가미하였다. 열거나 반복의 운율이 규칙성을 가지면서도 절정의 방향을 취하고 있음이 주목되는데―왕버들, 들버들, 당버들에서 절정을 이룬다―이점은 사설시조가 갖는 미학 중 가장 핵심에 해당한다. 중장의 마지막 마디와 종장에서 연출되고 있는 반전 역시 사설의 미학을 잘 보여주고 있다고 판단된다.

2. 절대선과 시대인식

사람에게는 신념이 있다. 신념이 강한 사람은 의지력도 강하기 마련이어서 자신의 의지로 운명을 스스로 개척해나가는 경우가 많다. 시인의 경우도 마찬가지일 것이다. 오늘날 많은 시인들은 자신이 살아가는 시대에 대하여 무관심하거나 아무런 책임을 가지지 못하는 경우가 많다. 특히 현대사회가 글로벌 무한경쟁의 시대이기 때문에 한 개인이 어떻게 생존해 나가느냐는 가장 중요한 문제가 될 수 있다. 혼자만 괜찮으면 주변이나 세계가 문제 있더라도 넘어갈 수 있는 것인가. 신념은 이럴 경우 크게 작용을 한다. 신념이 강한 사람은 시대의 부조리와 불의에 대해 절대 타협하지 않는다. 윤동주나 이육사 시인을 우리가 존경하는 이유이기도 하다. 살아가는 시대의 부조리한 부면들에 대하여 통렬한 마음이 있는 시인이라야 진정한 시인이라 할 수 있을 것이다. 풍요로운 시대가 되었다고 해서, 자유로운 시대가 되었다고 해서 이 신념이 필요치 않은 것일까. 그러나 분명히 자유나 풍요의 시대에도 부조리가 상존하고, 체재에 거부하는 암적 요소들이 있기 마련이다. 그런 이유에서 시인의 신념은 더 중요한 가치로 작용하기 마련이다. 여기 박희옥 시인은 절대를 지키는 선이 있다. 인간관계도 그렇지만 시창작에서도 이 점은 분명하다. 그 선은 線이면서 善이다. 넘어가지 않으면서 절대선絶對善을 지키려고 노력한다.

우주의 기氣를 모아 결기 곧게 세우고
아린 통점 다스리며 붓끝을 벼리던 날
유배지 푸른 파도가 소리 낮춰 울었다

용맹스런 말갈족 흑마 갈기 휘날리던
조선인 얼이 박힌 백두에서 한라까지
한 역사 퍼즐 조각에 아직도 낙관 붉다!

허공 속 바람 한 점 훤히 등뼈 내비치고
수천 개 강물 위에 달그림자 하나이듯
돌아와 덥석, 안겨준 저 눈부신 아우라
—「추사의 귀환」 전문

추사 김정희의 〈세한도〉는 많은 문학 작품의 중심으로 거론되었다. 송백松柏 같은 선비의 지조를 잘 나타내고 있는 〈세한도〉를 통해 시적 화자는 문화 민족의 아우라를 유감없이 담아내고 있다. 추사의 세한도는 잘 알다시피 소나무 한 그루, 잣나무 세 그루, 집 한 채, 배경도 없고, 화려한 색채도 없이 황량한 데다 한기마저 느껴지는 그림이다. 추사는 왜 이리도 쓸쓸한 그림을 그린 걸까? 김정희가 받은 형벌은 위리안치형! 유배형 중에서도 가장 무거웠다. 집을 가시 울타리로 둘러싸 집 바깥으로 나갈 수도 없었다. 더군다나 절친한 친구 김유근, 그리고 부인 예안 이씨가 세상을 떠났고, 친구들 또한 점차 소식이 끊어진다. 그런 그에게 한 줄기 빛은 바로 제자 '이상적(李尙迪, 1804~1865)'. 통역관이었던 이상적은 중국에 갈 때마다 최신 서적을 구해서 김정희에게 보냈다. 김정희는 그 이상적에게 고마움을 표현하기 위해 세한도를 그렸다. '세한도' 밑 인장의 글씨는 장무상망長毋相忘, "오래도록 잊지 말자"이니 이 얼마나 애절한 이야기인가. 추사에게 세한도를 선물 받은 이상적은 그림을 청나라로 가져가 청나라 학자에게 선보였고 감동받은 청나라 학자들은 찬사의 글을 남겼다. 그 세한도가 돌고 돌아 다시 한국의 품으로 돌아왔으니 정말 가슴 벅찬 일인가. 시인은 세한도의 이미지를 "허공 속 바람 한 점 훤히 등뼈 내비치고/ 수천 개 강물 위에 달그림자 하나"처럼 초연하게 빛나고 있음을 잡아내었다. "눈부신 아우라"임을 분명하게 그려냄으로써 그 장엄함이 후대의 우리들을 비치는 거울임을 감동적으로 클로즈업하고 있는 것이다. '추운 계절이 된 뒤에야 소나무와 잣나무가 푸르게 남아 있음을 안다(歲寒然後 知松柏之後凋)'는 공자의 말이

아니라도 세한도는 더 이상 추운 그림이 아니라, 세상에서
가장 따뜻한 아우라가 된 것이다.

야트막한 지붕 위 잿빛 구름 물러가고
깊숙이 들어앉은 쪽방촌을 둘러보다
새시문 좁은 틈새로 설핏, 환영 보네

울금빛 등燈 너머로 돌쩌귀 밟고 들은
야멸찬 자개바람 꽃불 혹, 꺼버린 방
허공 밖 먼 싸리울에 흐느끼실 울 엄니

침침한 동굴 속에 유배 온 지 십여 년
웃자란 긴 외로움 더께 훤히 벗겨진 날
비로소 화사한 민낯 꽃보다 어여쁘네

어제란 뉘에게나 잠시 스친 바람일 뿐
난, 종이새 곱게 접어 훨훨 날려 주려네
잘 가렴! 화장기 없는 귀여운 바수밀다
　　　　　　　—「긴 여운은 흔적을 남긴다—영등포역 주변 철거 소식을 듣고」 전문

　　부제로 보아 영등포역 주변 철거로 인하여 사라지는 유곽
을 통해 이들이 겪는 삶의 고통을 밀도 있게 그려내고 있다.
시인의 독특한 시각은 "깊숙이 들어앉은 쪽방촌"에서 "야멸
찬 자개바람 꽃불 혹, 꺼버린 방"을 보면서 "허공 밖 먼 싸리
울에 흐느끼실 울 엄니"를 생각하는 것이다. 이들의 비참하
고 아픈 삶을 그냥이 아니라 이 땅 여자들의 대명사라 할 수

있는 "어머니"까지 연결하고 있는 것이다. 그러기에 이들의 삶은 특정 범주의 삶으로 읽히지 않고 여성이라는 젠더에 대한 자각으로 받아들여진다. 화장기가 없지만 화사한 민낯의 한 개인을 구체적으로 포착하고 있는 마지막 수는 단순한 무감동의 나열로 빠지기 쉬운 단점을 보완해주고 있다.

> 수선한 풍설들이 불의 춤 난무하듯,
> 넘지 못할 바로 저기 가슴 뛰게 하는 땅
> 남과 북
> 한 뼘 틈 사이
> 싸리꽃 참 환하다
>
> 생채기 채, 아물기 전 피멍울 덧댄 자리
> 무심한 잡초 손에 허리 묶인 늙은 패목
> 오늘도
> 북천 한복판
> 팔매질 여전한데
>
> ―「완충지대」 전문

남북 분단의 비극과 이에 대한 아픔을 생태적이면서도 고발적으로 형상화시키고 있는 점이 이채롭다. 시인의 북한에 대한 인식은 "수선한 풍설들이 불의 춤 난무하듯"이나 "오늘도/ 북천 한복판/ 팔매질 여전한데"에서 보듯 비판적이다. 생산적인 일보다는 전쟁 준비나 이념논쟁으로 일관하는 모습을 직접적으로 그려낸다. 그러나 시인은 북한에 대해 "넘

지 못할 바로 저기 가슴 뛰게 하는 땅"으로 이야기하며 계속
적인 미더움과 애정을 보내고 있다. 그러기에 "무심한 잡초
손에 허리 묶인 늙은 패목"의 암담함 가운데도 "남과 북/ 한
뼘 틈 사이"의 "완충지대"를 "싸리 꽃 참 환"한 생태적인 평화
가 자리하는 공간으로 설정하고 있는 것이다. 역사성을 가미
하면서도 생태적인 시각을 유지하는 것은 생태적 상상력이
갖는 생명성에 적지 않은 관심을 가지고 있다는 이야기다.

3. 에코이즘적 사고와 생명성

사실 박희옥 시인이 생태적인 사유를 보여주는 작품은 상
당수에 이른다. 이를 보다 자세히 살펴보기로 하자.

초록 햇살 한 줌 얻어 어린것을 키워낸
수국 아린芽鱗 품속에 갓 숨소리 들리자
화들짝 눈뜬 감나무 피 돌리기 분주하다

달려드는 전기톱에 새파랗게 자지러져
파르르 몸 떨다 진저리친 수수꽃다리
꾹, 눌러 참았던 멀미 왈칵왈칵 토한다

격렬했던 입맞춤 여운 채 사라지기 전
머잖아 꽃과 잎, 따로 앉은 틈 사이로
옹골찬 씨앗 하나가 제 이름표 달겠네

— 「봄, 그 즈음에」 전문

이 작품은 시인이 가지고 있는 인식이 얼마만큼 에코이즘 적인가를 잘 보여주고 있다고 판단된다. 생태적인 첫 인식은 "초록 햇살 한 줌"에 불과하지만 이것이 점차적으로 "수국 아린芽鱗 품속→화들짝 눈뜬 감나무→진저리친 수수꽃다리→ 옹골찬 씨앗 하나"로 단계별로 진행되면서 초록 생태로의 전환을 자연스레 보여주고 있는 것이다.

언제 한 번 이처럼 소리 내어 운 적이

티 하나 허락 않는 깐깐한 내 하늘이

다소곳 나를 보듬고

등을 도닥입니다

혼자서 걷는 길은 황량한 벌판이라고

필설로 남긴 흔적 전율 타고 오는 한낮

뭉클한 릴케, 사랑시

가슴으로 읽습니다
　　　　　　　　　─「비익조, 하늘 날다─뇌출혈, 그 후로도 오랫동안」 전문

시인의 결곡한 품성은 "티 하나 허락 않는 깐깐한 내 하늘"

이라는 표현에서 잘 드러난다. 사회적 불의나 부조리와는 결코 타협하지 않는 성품을 지녔기에 뇌출혈로 쓰러지고 나서는 "황량한 벌판"을 경험했을 것이다. 그러나 시인은 "나를 보듬고/ 등을 도닥이"는 세월에 고마움을 느끼며 적막한 공간을 "필설로 남긴 흔적 전율 타고 오는 한낮"으로 채워나간다. 이곳이 바로 시인이 새롭게 만든 생태공간이라고 할 수 있다.

불문율 받아 이고 그 먼 길 에돌아 와
한 뼘 땅 수직상승 갈피 속에 꿈 접고
돌담 벽 좁은 틈새를
비집고 온
망초대

부서진 햇살 조각 알곡 줍듯 끌어모아
해종일 꺾인 허리 수월찮이 아파올 적
짓궂은 소소리바람 희소리에 웃습니다

산통이
들 때마다
하늘 문 열려지고
소리 없는 비명 따라 목을 뺀 꽃대 하나
옥동자 힘찬 울음에 온 마을 와자합니다

　　　　　　　　　　　　　　　　　　　—「옥천 당숙모」 전문

이시영 시인은 일찍이 「당숙모」라는 작품을 썼다. "비 맞은 닭이 구시렁구시렁 / 되똥되똥 걸어와 후다닥 헛간 볏짚 위에 오른다 / 그리고 아주 잠깐 사이 / 눈부신 새하얀 뜨거운 알을 낳는다 / 비 맞은 닭이 구시렁구시렁 미주알께를 오물락거리며 다시 일 나간다" 당숙모는 종숙모라고 부르는 5촌으로 시골에서는 흔히 '아지매'라 부르기도 했다. 다소 수다스럽지만 생활력이 강한 푹 퍼진 아지매의 뒷모습이 저절로 그려진다. 여기 「옥천 당숙모」는 당숙모의 모습을 망초대에 비유하고 있는데 그 모습은 아주 열악한 환경에서도 굴하지 않는 생명성으로 돋아나고 있음이 주목된다. 얼마만큼 척박한 곳인가. "먼 길 에돌아 와/ 한 뼘 땅 수직상승 갈피 속에 꿈 접고/ 돌담 벽 좁은 틈새"의 비좁은 틈이다. 말하자면 생명을 가진 실체가 도저히 뻗어날 수 없는 곳을 지칭한다. 그곳에서 당당하게 돋아난 망초대! 그 망초대는 "부서진 햇살 조각 알곡 줍듯 끌어모아" 허리가 꺾여 아플 적에도 얼굴 찡그리지 않고 "짓궂은 소소리바람 희소리에"도 웃는다. "소리 없는 비명 따라 목을 뺀 꽃대 하나"처럼 어떠한 악조건에도 아랑곳하지 않는 모습을 통해 한국 여성의 강인한 정신력을 역력히 읽어볼 수 있다. 더욱이 생태적인 생명성을 돌올하게 포착하고 있다는 점에서 주목되는 작품이라 볼 수 있다.

햇살이 마른 잎새
누릇누릇 구워낼 쯤

설렁한 빈 가지에 인심 좋은 까치밥

발갛게 물든 얼굴엔
노을빛 스쳐 간 듯

찬바람 스멀스멀
뼛속까지 흔드는 밤

나목 위에 눌러앉은 겨울밤 하얀 설태

달빛이 허리 굽힌 채
긴 혀로 핥아준다

—「달빛과 홍시」 전문

물 잠긴 돌확 안에 봉긋 오른 연꽃 송이

거기 걷는 발걸음 티끌 털고 가라 할 때

뎅그렁, 풍경소리에 하늘 쪽문 열리네

—「휴휴암에서 만난 부처」 전문

청포도 익는 소리 물바람에 설핏, 스쳐
코끝을 바짝 세운 땡볕을 등에 업고
넌지시
꽃대 피우는
저 느림의 미학!

—「왕송호 연꽃 필 무렵」 첫 수

「달빛과 홍시」에서는 자연이 보여주는 "겨울밤 하얀 설태"의 위대함을 또 다른 자연이 "긴 혀로 핥아"주는 조응이 신비롭게 형상화되고 있다.

「휴휴암에서 만난 부처」에서는 "물 잠긴 돌확 안에 봉긋 오른 연꽃 송이"가 오히려 "발걸음 티끌"에도 "하늘 문 삐걱"여는 모습이 자연스러우면서도 생태적인 생명성의 주제의식을 잘 형상화시키고 있다.

「왕송호 연꽃 필 무렵」의 첫 수 또한 그렇다. "코끝을 바짝 세운 땡볕"은 여름만을 달구는 것이 아니라 사람들의 마음도 바짝 익게 만든다. 그런데 그 땡볕을 등에 업고서 아주 서서히 "꽃대 피우는" 연꽃이니 그 "묵언수행"이 대단하지 않을 수 없다. 시인은 이 순간을 "청포도 익는 소리 물바람에 설핏, 스"치는 순간으로 포착하여 운치를 더욱 돋우고 있다. 생태적인 상상력과 생명성이 이처럼 시를 싱싱하게 만들고 있는 것이다.

우리는 지금까지 박희옥 시인의 작품을 첫째 재미와 흥, 치유의 미학적인 측면에서 살펴보았고, 둘째 시대에 응전하는 진지함과 절대적인 신념 사이의 고뇌에 대해 살펴 보았으며, 셋째 에코이즘적 사고와 생명성에 대해 살펴보았다. 시인은 이러한 장점을 살려 앞으로도 우리 시조사에 족적을 남길만한 좋은 작품들을 충분히 써나갈 것으로 판단된다.

오지게 후벼놓고 가버린 상처라서
무진장 아프겠다, 에둘러 한술 더 뜬
넉넉한
웃음 언저리
여유마저 보인 날

사람과 사람 사이 얽힌 인연 불편해도
자르면 다시 못 쓸 고르디우스의 매듭!
한 올씩
풀어나간다
엉킨 타래 손에 들고

아픔이란 잠시 휴식 같은 쉼표일 뿐
달달하고 부드러운 마카롱 한입 물자
돌아선
웃음 세포들
그러안고 방방 뛴다

　　　　　　　　　　　　　　　　　　 ―「소멸의 쉼표」 전문

　「소멸의 쉼표」는 그러한 도정의 휴지부에 놓인 작품이라
판단된다. 숨 가쁘게 달려와서 이제는 잠시의 휴식이 필요하
리라. 시인이 이를 표제작으로 삼은 이유가 여기에 있다고
생각된다. 진정한 휴식은 발돋움을 위한 필수 조건. 아파도
여유를 가지면서 "사람과 사람 사이 얽힌 인연"의 매듭을 한
올씩 풀어나가리라 믿으면서 이 글을 맺는다.

박희옥

서울 출생. 2009년 ≪시조문학≫ 등단. 시조집『들꽃, 쑥부쟁이는』,『암화 혹은 시』, 현대시조 100인선『꿍치거나, 풀거나』. 경기시조 시인상, 시조문학 작품상, 시조사랑 문학상, 열린시학상, 여성시조 문학상수상. 한국시조시인 협회 운영위원, 열린시학회 부회장, 한국여성시조문학회 이사. 경기시조시인 협회 회장역임. 경기문화재단 문예창작지원금(2016), 한국예술인복지재단 예술인 창작지원금(2021) 받음.

고요아침 운문정신 061

소멸의 쉼표

초판 1쇄 발행일 · 2022년 07월 27일

지은이 | 박희옥
펴낸이 | 노정자
펴낸곳 | 도서출판 고요아침
편 집 | 정숙희 김남규

출판 등록 2002년 8월 1일 제 1-3094호
03678 서울시 서대문구 증가로 29길 12-27, 102호
전화 | 302-3194~5
팩스 | 302-3198
E-mail | goyoachim@hanmail.net
홈페이지 | www.goyoachim.net

ISBN 979-11-6724-090-3(04810)